순포라는 당신

시선 197

순포라는 당신

인쇄 · 2024년 9월 21일 | 발행 · 2024년 9월 30일

지은이 · 이애리
펴낸이 · 한봉숙
펴낸곳 · 푸른사상사

주간 · 맹문재 | 편집 · 지순이, 김수란, 노현정 | 마케팅 · 한정규
등록 · 1999년 7월 8일 제2-2876호
주소 · 경기도 파주시 회동길 337-16(서패동 470-6) 푸른사상사
대표전화 · 031) 955-9111(2) | 팩시밀리 · 031) 955-9114
이메일 · prun21c@hanmail.net
홈페이지 · http://www.prun21c.com

ISBN 979-11-308-2175-7   03810
값 15,000원

강릉문화재단
GangNeung Culture & Arts Foundation

이 시집은 강릉문화재단 후원으로 제작되었습니다.

푸른사상
시선
197

순포라는 당신

이애리 디카시집

푸른사상
PRUNSASANG

『하슬라역』에서 기차를 타고
동해역에 내려 『동해 소금길』 걸으며
『무릉별유천지 사람들』과 함께 했습니다.

이번에는 시와 사진이 어우러진
『순포라는 당신』을 펴냅니다.

부족한 글을 디카시집으로 기획해주신
푸른사상사 맹문재 교수님과
해설글을 집필해주신 황정산 문학평론가님께
진심으로 감사드립니다.

있는 그대로 일상을 보여준 분들과
고양이들, 아름다운 자연습지 순포바다 등
시의 주인공 모두에게 고마움을 전하며
묵묵히 응원해준 당신께 이 시집을 바칩니다.

2024년 가을날
강릉 순포에서 이애리

시인의 말

제1부 고양이랑 놀다가 달이 뜨고

제2부 강릉 남대천

제3부 순포라는 당신

제4부 인생아, 시나미 가자

1

고양이랑 놀다가 달이 뜨고

고구마 순

거실에 와이파이 공유기가 설치되면서
하트 모양 고구마 넌출이 뿌리내리고
고구마 심장은 숲을 이룬다

그러나
내 심장은 불통인지 고장이 잦다

사과의 입장문

사과 두 개를 서리해 가슴에 숨겨두고 잠이 들었다

과수원 지나던 동네 반장 아주머니
한소리 하신다, 간이 배 밖에 나와도 유분수지

죄송해요, 과수원 주인에게 사괏값
숙박비도 지불하고 정식으로 사과하겠습니다

15

화양연화(花樣年華)

주문진 장덕리 복숭아 재배하는 꿀벌 총각
자전거에 나팔꽃 아가씨를 태우고 간다

나팔꽃 아가씨 뚜뚜따따 나팔 불고
꿀벌 총각도 신나서 콧노래 부른다

인생 만세

초등학교 동창들이 발왕산에 놀러 가서 사행시를 짓는다

인: 인생에 친구들 없다면 무슨 재미로 살까

생: 생명이 다 소중해도 친구가 최고지

만: 만희야, 택시영업 하루 접고 함께해서 고마워

세: 세상 모든 사람의 인생도 만세, 친구들아 행복하자

연탄고양이들

턱시도를 입은 오빠는 연탄고양이 밤이고요
집사의 사랑을 독차지하는 나는 수박이고요

맨 가에 막내는 태어날 때부터 좀 아파요

엄마는 동생이 아프지 말고 건강하면 좋겠다고
'오래 살구 고양이'라고 이름을 지었어요

가출

내 발 한쪽이 왜 휴휴암(休) 바닷가에 와 있지
그래서 걸음이 한쪽으로 절뚝거렸어

기억을 서서히 잃어가는 시아버지와 지내는 걸 자청했지만
너도 가끔은, 천불나는 집에서 뛰쳐나가고 싶었구나
오늘은 못 본 척 눈감아주자

눈칫밥의 출처

— 제비

집주인 허락 없이 베란다에 입주한 제비 가족
벗어놓은 신발에 볼일 봐도 입 뻥끗 못 한다

아기 고양이를 데려온 것도 제비 공이 컸으니
이러쿵저러쿵할 처지가 못 된다

능소화

능소화가 피었다 진 웅덩이, 뱀이 옷을 벗어놓고 숨었다

아버지는 지게 작대기를 내리치며 뱀 붙잡아야 한다고 성화다

아들은 폭염 때문이라고 그냥 두자고 하는데

능소화나무 한 그루, 시원한 꽃분수 뿜으며 화사하다

비슬산 화엄

진달래를 찾아 길을 나선다

비슬산 병풍바위가 있는 벼랑에 서서

그대 눈동자를 갈비뼈에 묻는다

화엄(華嚴), 화엄길이다

호랑고양이

호피무늬 원피스를 즐겨 입는 이 여인
대나무집 마당으로 출근하는 호랑고양이다

얼마 전 요가 자격증도 취득하고

잠시 고양이 육아에서 벗어나 요가하는 시간
엉덩이를 치켜세우며 허리를 쭉 펴는 중이다

밀짚모자 아가씨

밀짚모자 쓴 아가씨 미소가 참 아름다워요

아가씨 덕분에 내 마음도 환해져요

사랑의 꽃말 해바라기를 외치며, 계란꽃들도 응원하네요

해바라기 아가씨, 이 여름 가기 전에 우리 결혼해요

돌심장

칠봉산 오르는 길, 심장 두 개 포개져 있다

저 산산조각난 심장이 된다고 해도
사랑이라 말할 수 있을까

앞으로 죽을힘 다해서
사랑할 일만 남았다

산딸기
— 사랑

평소 말수가 적은 그가 마늘 캐다 말고
"마누라 위해 준비했어"라며 산딸기를 건넨다

참 싱겁기는, 이 나이에 무슨 낯간지러운 소리
귀로는 정확하게 마늘로 듣고는
찰떡같이 마음속에는 사랑이 딸기처럼 익어가는 중

2

강릉 남대천

국립대관령치유의숲

대관령 옛길의 걷는 소나무 본 적 있나요
한번 보고 나면 자꾸 눈이 가서 애를 먹어요
이 나무의 발을 몇 날 며칠 씻겨주고 싶어요

정말 걷는 나무가 궁금하다구요?
국립대관령치유의숲을 꼭 찾아주세요

강릉 남대천

강릉의 봄은 남대천에서 시작해요

곧 올챙이가 되어 남대천으로 나갈 거예요
어른 개구리가 되면 대관령 넘어 두만강에 가서
그쪽 물고기들에게 남쪽 소식도 전하고요

이산가족 개구리도 수소문해보려고요

사마귀
— 직업병

페인트 작업만 사십 년 해온 사마귀 아저씨
온종일 건물 외벽에 매달려 푸른 바다를 칠한다

가끔은 몸에 묶인 밧줄이 끊어지는 악몽을 꾸며
난간에 매달려 일하는 시간보다
땅 밟으며 쉬는 날이 더 두렵다고 한다

정동진 바다부채길

정동진에서 비스듬한 시선의 한 남자
저 멀리 있는 수평선에게 메아리친다

언제 이 길을 함께 걸을 거야
나 혼자만 데워진 심장일까

수평선은 대답이 없다

솔향수목원에서

솔향수목원에 꽃만 생각하는 사람이 있다
그 사람이 여자인지 남자인지는 잘 모르지만

오로지 꽃과 입술이 전부인 사람

오랫동안 키스와 멀어진 사람들은 오시라
솔향수목원에서 차가운 입술 한 잔!

산불 그 후

얼마 전 강릉에 대형 산불이 나서
온몸 새까맣게 화상을 입은 나무
민들레, 풀꽃들에게 곁을 내주며
연둣빛 새싹을 키우고 있다

용돈

오죽헌에 사는 고모가 용돈을 주셨다

오만 원은 돼지저금통에 밥 주고
오천 원은 비상금으로 두었다가
할아버지 좋아하는 찐빵을 사야겠다

바다의 근황

바다는 속이 아프다고 육지로 다가와 모래주머니를 토하고
육지는 가까이 와서는 안 된다며 포클레인으로 바다를 파
헤친다

저 멀리 서 있는 노란 등대
내 일이 아니라고 멀찌감치 뒷짐만 지고 섰다

옷단지

조선시대부터 전해 온 강릉 옷단지는 사람의 바다
옷단지에 그려진 물고기는 삼어도(三魚圖)가 아니라
삼여도(三餘圖)였다

새색시 시집갈 때 가져가는 옷단지 속에
비단옷 대신 남대천 물고기가 헤엄친다

연꽃 나룻배

팔뚝 힘줄 보이며 나룻배가 호수에 떠 있다

깨복쟁이 시절 송사리 다묵장어 잡아주던
오라버니, 언제 다시 강릉에 오실까

도루묵 굽던 날
— 가족

연탄으로 아랫목 데워지려면
열차꽁무니처럼 긴 시간이 필요하다

가족이란 원수 같다가도, 아무 일 없는 듯 해맞이하고
도루묵 굽던 날, 식구들 알배추처럼 둘러앉는다

막노동 마친 아버지 등에 생선 봉지가 걸려 있고
돌아가신 어머니가 도루묵을 좋아한 걸 늦게 알았다

고래 뉴스

옥계 금진항 북동방 2.4km 해상에 혹등고래 나타났다
참돌고래 낫돌고래가 주검으로 강릉항에 돌아왔다

주문진에 나타난 돌묵상어도 조업하던 그물에 걸렸고
뱃속에는 플라스틱과 마스크까지 보물처럼 품었다

고래고래 악다구니 한번 써보지 못하고 바다는 저물었다

정감이마을의 무인점포

올해 앵두 수확은 이게 다예요
일인당 한 컵씩만 가지고 가세요
앵두 값은 알아서 여기 두고요
볼 빨간 정감이마을* 햇살은 덤이고요

* 정감이마을 : 강원도 강릉시 강동면 모전리에 위치한 마을.

3

순포라는 당신

순포라는 당신 1

순채같이 푸른 당신 보고 싶어 순포에 간다
순포*에서는 산도 바다도 그리움이 된다

순개라고 불리는 순포는 강릉바다의 심장
별지누아리 바다가 자연습지가 되는 곳

순포라는 당신도
각시 수달도 있는 그대로 살아가게 두자

* 순포 : 강원도 강릉시 사천면 산대월리에 위치한 작은 바닷가 마을로,
  이곳에 순채나물이 많이 자생해서 붙여진 지명.

순포라는 당신 2

근사한 계절, 순포라는 당신께 뭉근히 뿌리 내린다
순채비빔밥 차려서 고라니, 삵, 물범이랑 나눠 먹는다

사랑하는 사람들 다 모여

새섬매자기 풀피리 장단에 맞추어
순포아리랑을 부른다

순포라는 당신 3

우리 이별하게 되면 이혼 서류나 위자료는 생략하고
새바위 괭이갈매기와 파도를 불러놓고 파티 하자

설레임 가득한 첫 키스처럼
숟가락에 얹어준 생선살처럼
발 씻겨준 그날처럼

우리 근사하게 사랑하자

서부시장
— 지누아리

지누아리 맛을 알면 강릉 사람이다

강릉 서부시장 채송화 밭만 한 '오솔길식당'에 가면
지누아리 정식을 맛볼 수 있다

"강릉에 놀러 왔다가 지누아리 맛에 반하게 되면 그 사람
은 강릉 사람이 다 되었다"고
김상인 어르신(73세)이 말씀하신다.

안(眼)센터에서 든 생각

검진 받으러 서울성모병원 안센터에 왔다

병원에서는 눈 기증자를 수소문 중이고
고맙기도 하면서 참 미안한 일이기도 해서
더 캄캄한 세상을 걷는 듯하다

화려한 변신
— 할미꽃

동네 할머니들 머리에 염색한다

이제 뽀글이 파마한 할머니는 잊어라

와인색 단발머리와 초록의 롱부츠 신고

강남 언니로 돌아간다

참밤 여무는 밤

이웃에 사는 형님이 밤 한 소쿠리 가져왔다

밤송이 가시에 찔렸을 형님께 목례하는 밤
솥에 밤을 찌며 친정엄마를 생각하는 밤
고향집 마당에 꽈리 열매가 등불 켜는 밤

감꽃

백복령 복사골 외갓집에 제사 모시러 가면
오구오구 우리 강아지하며 반기던 외할머니

외갓집 마당에 소복이 쌓이던 그리운 감꽃
돌아가신 어머니가 꿈에 보였다

피자두

그대 심장을 베어 문다
자두 벌레도 먹어치운다

여우 가면을 쓰고 사는 동안
다정한 소문만 심장을 배설하고

늑대가 된 나는
피 범벅이 된 하루를 숨기기에 급급하고

거북이

거북이와 토끼가 걸음내기 하는 중이다

토끼는 논둑길로 가서 개구리랑 노는 사이
거북이는 개구리밥 짊어지고 결승점 향해 죽어라 달린다

거북아, 지치지 마라

지금은맞고그때는틀리다*

한때 달달한 거짓말을 사랑했지

바다는 내게 힐난한 말을 쏟았지
오늘 내 뒤가 물컹 켕기고
포말은 모래톱에 한 일(一) 자를 그었지

해변에서, 나는 그를 잘 모른다고
도마뱀 꼬리처럼 잘라내고 있었지

* 홍상수 감독의 영화 제목(2015). 띄어쓰기를 하지 않은 제목 그대로 인용.

물고기가 되고 싶은 사람

소돌항에 물고기가 되고 싶은 사람이 산다
하루가 멀다 하고 물고기 바다에 푹 빠져 지내는 사람
그가 바로 윤혁순 해양다큐 감독이다

뭉게구름도 그의 소원을 안 걸까
푸른 도화지에 물고기를 그린다

외할머니

둥그런 엉덩이를 내놓고
외할머니가 급한 볼일을 보고 있다

이를 지켜보던 손녀딸 다솔이, 부끄러웠는지
얼른 호박잎으로 소피보는 자리를 가려준다

4

인생아, 시나미 가자

허수아비

아저씨
콩밭 비둘기 쫓아야지 왜 대낮부터 얼콰해 계세요
얼굴 발그레한 걸 보니 막걸리 한 잔 하셨죠?

이젠 콩밭에 나갈 일도 없게 되었어
죽어라 농사 지어봐야 짚가리처럼 빚만 쌓이고
귀나무골 논밭 팔려고 부동산에 내놓았어

정비소에서 니체를 만났다

자동차 수리하러 갔다가 니체를 만났다

사는 게 힘드냐고 니체가 물었다*

선자령 산들바람이 이마의 땀을 닦아주는 한
아직 견딜 만하다고 대답하는 사이

온몸에 기름때 왕창 뒤집어쓴 장갑들, 고갤 끄덕인다

* 서울대학교 철학과 박찬국 교수의 저서.

나비 심장

강릉 대형산불 상처를 어루만지며
노란 애기똥풀과 풀꽃들 조문객을 받고 있다

불에 탄 큰 소나무가 주검으로 누워 있다
나비 한 마리 조문 중이다

어부바 어부바

— 2022. 10. 29. 이태원 참사 추모글

찬 바닥에 누워 있지 말고 어서 일어나

어부바하고 집에 가자, 학교도 가야지

이태원 경리단길 별 보러 가자

한뎃잠 자지 말고 벌떡 일어나

꽃밭

우리집 꽃밭에 야옹이들이 자고 있어요

그러니 고요를 부탁해요

인생아?

꽃밭에서 야옹이랑 놀다가

시나미* 가자

* 시나미 : 강원도 사투리로 천천히, 쉬엄쉬엄이라는 뜻.

연인 인공지능(AI)

내 연인의 직업은 화가다
군데군데 원형 탈모가 와서 펑크가 난 머리까지
우아하게 올림머리로 그려준다
나무토막처럼 굵은 목 라인도
쇄골뼈가 드러나도록 곱게 그려준다

땡큐, 나의 연인 AI

자존감

축 처진 아버지 어깨를 세우고
나라정치를 바로 세우고
연잎 자존감을 빳빳이 세우는

하시동 풍호마을 연밭에서
무언가 세울 궁리에 높아지는 행복지수

대관령 폭설

봄 마중이 한창인 곡우 무렵
대관령에 폭설이 내린다

진달래 피었다 놀라서 어깨를 움츠리고
꽃의 발목이 눈 속에 푹 묻혔다

산수유꽃도 깜짝 놀라 넘어진다

곡비*

삼척 죽서루 한 식당에서
평소 정 시인이 즐겨 먹던 냉면 한 그릇 시켜놓고

추적추적 비는 하염없이 내리고
추적추적 냉면은 하염없이 먹먹해지는

* 고 정석교 시인의 시집 제목. 계간지 『동안』 회장과, 『강원작가』 회원
으로 함께 활동함.

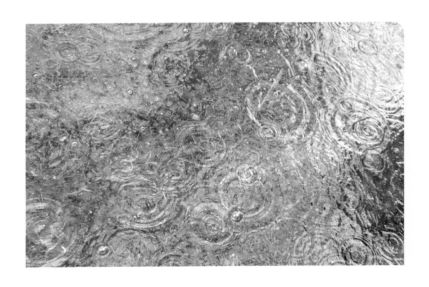

털신의 하루

마실 간 할머니 어두울까 봐 손녀가 전등 켠다

행여 손녀 넘어질까 할머니가 파란 전등 켠다

몸 불편한 아버지도 주광색 전구알 스위치를 찾는다

우리 힘을 보태 환한 세상 만들어보는 거야

우리는 다정할 필요가 있어요

기차 아저씨와 집사 시인이 사는 바둑고양이네 농장
길고양이 열두 마리 출퇴근하며 아옹다옹 지내요

아저씨는 콩밭에 나가 바랭이한테 넋두리하고요
집사는 꽃밭 잡초를 뽑으며 시를 기다리고요

가끔은 울화가 치밀어 홧병이 나겠다고 털어놓아요
우리는 좀 더 다정한 시간이 필요해요

그리움의 형상

황정산

1. 들어가며

최근 디카시 열풍이 불고 있다. 비교적 짧은 단형의 시에 디지털카메라나 휴대폰으로 찍은 사진을 첨부하는 것으로, 디지털 기기의 발전에 따라 생긴 새로운 형식의 예술 작업이다. 문자와 사진 이미지가 함께하므로 시의 시각적 효과가 좀 더 강화되는 효과가 가장 큰 장점이다. 특히 점점 시가 길어지고 난해해져 읽기 힘든 시가 많아지고 있어 일반 독자들이 시 읽기를 포기하고 있는 현실에서 이 디카시는 시의 대중화를 위한 유효한 대안으로 여겨지고 있다.

그런데 사실 디카시가 갑자기 출현한 것은 아니다. 과거 선비들은 문인화를 그리고 거기에 시 몇 구절을 달거나 반대로 서예 작품에 난이나 매화 등의 사군자 그림 등을 넣기도 했다. 또한, 얼마 전까지 학교 축제에 빠지지 않고 그림과 시가 함께하는 시화전이 열리곤 했었다. 시와 그림이 함께했던 이런 전

통의 연장에서 새로운 기기의 발전에 따라 디카시가 등장했다고 생각해도 크게 틀리지 않을 것이다.

디카시는 쉽게 이해할 수 있고 또 비교적 쉽게 쓸 수 있다는 점에서 시 쓰기를 전문으로 하지 않는 사람들도 어렵지 않게 감상하고 또 창작할 수 있다는 큰 장점을 가지고 있다. 하지만 그 한계도 또한 지적하지 않을 수 없다. 가장 먼저 얘기될 수 있는 문제점은 문자가 줄 수 있는 상상력을 방해한다는 것이다. 문자로 쓰인 시가 만들어준 감각적 체험이나 이미지는 우리의 상상 속에서 재현된다. 그것은 때로 실제 우리가 눈으로 보고 있는 것보다 더 풍부한 감각을 제공해주기도 한다. 하지만 디카시는 문자보다 훨씬 구체적인 사진을 함께 보여줌으로써 사진이 주는 시각적 한계에 갇히기 쉽다.

두 번째 한계는 시상이 제한적이라는 점이다. 사진과의 균형을 맞추기 위해 디카시는 비교적 짧은 단형으로 써야 한다. 그러다 보니 복잡하고 심오한 사유를 보여준다거나 유장한 정서를 전달하기 쉽지 않음은 당연한 일이다. 사진에 대한 뻔한 설명에 그치거나 아니면 짧은 단상을 적은 몇 구절의 시에 그와 관련된 그러나 그다지 큰 의미가 없는 사진을 첨부하는 데 그친 디카시 작품들이 많은데 이는 디카시의 한계를 잘 보여주는 예라 할 수 있겠다.

이런 점에서 이애리 시인이 펴낸 디카시집 『순포라는 당신』은 이런 디카시의 한계를 어떻게 극복해야 하는지를 생각하게 해준다. 디카시가 어떤 방향으로 발전하여 예술적 성취를 보여줄 수 있을지 그리고 어떻게 하나의 예술적 장르로 자리잡을 수 있을지를 이번 시집이 잘 보여주고 있다.

2. 즉물적 현장성

사진과 시가 합계함에도 불구하고 디카시를 '포토 포엠'이나 '포엠 포토'라 부르지 않고, '디카시'라는 조금 부자연스러운 축약, 합성어로 부르는 것은 디카시만이 가진 아주 중요한 특별함이 있기 때문이다. 그것은 바로 현장성이다. 디카시는 전문 사진작가용 고급 기종의 카메라로 찍은 작품 사진이 아니라 주로 일상생활 중에 아니면 여행 중에 본 장면이나 사물을 디지털카메라나 핸드폰을 사용해 즉각적으로 포착한 사진을 이용한다. 이런 점에서 사물의 현장성이 디카시의 생명이라고 할 수 있다.

우리는 대개 관념과 추상적 개념으로 사물을 바라본다. 그 사물의 이름이나 가격, 그것의 용도나 성질을 파악해야 사물을 이해했다고 생각한다. 하지만 디카시에서 포착된 사물은 이런 관념을 벗어나 사물 그 자체의 구체성을 강조한다. 그리고 이 즉물적 구체성에서 떠오른 시상을 연결해 우리의 공감각을 최대한 끌어낸다. 이것이 디카시의 큰 장점이다. 이애리 시인의 디카시 작품들은 이를 아주 잘 보여주고 있다.

솔향수목원에 꽃만 생각하는 사람이 있다

그 사람이 여자인지 남자인지는 잘 모르지만

오로지 꽃과 입술이 전부인 사람

오랫동안 키스와 멀어진 사람들은 오시라
솔향수목원에서 차가운 입술 한 잔!

—「솔향수목원에서」 전문

　"솔향수목원"이라는 데를 가서 거기에서 본 특별한 사물을
보고 쓴 시이다. 사진에는 입술이 부조된 하얀 컵에 담긴 옅은
분홍빛을 띤 꽃들이 가득 담겨 있다. 시인은 이 아름다운 정물
에 "차가운 입술 한 잔!"이라는 아주 감각적인 이름을 붙여주고
있다. 사물을 보고 그 사물의 구체성을 이리 감각적인 이미지
로 요약하기는 쉽지 않다. 대체로 사람들은 이 화병을 보고 특
이하다거나 기발하다는 정도의 생각만으로 지나쳤을 것이다.

하지만 시인은 그 화병이 보여주는 감각적 구체성을 우리에게 오롯이 전달해주고 있다. 또한, 그 구체적 감각을 "차가운 입술"이라는 선명하고 발칙한 언어적 표현으로 바꾸는 마술을 부리기까지 한다. 꽃을 보는 것은 아름다움을 체험하는 것이다. 여기에 더 나아가 키스의 촉감이라는 또 다른 특별한 감각을 불러내어 공감각적 입체감을 만들어내고 있다. 이런 감각의 즉물적 구체성은 사진의 도움 없이는 불가능했을 것이다. 시와 사진이 결합하여 보는 우리에게 풍부한 감각의 성찬을 제공해주고 있다.

　다음 시도 마찬가지이다.

　　　바다는 속이 아프다고 육지로 다가와 모래주머니를 토하고
　　　육지는 가까이 와서는 안 된다며 포클레인으로 바다를 파헤
　　친다

　　　저 멀리 서 있는 노란 등대
　　　내 일이 아니라고 멀찌감치 뒷짐만 지고 섰다
　　　　　　　　　　　　　　　　　　　—「바다의 근황」 전문

　시인은 시어로 그리고 사진으로 한 장면을 보여준다. 바다와 모래밭과 포클레인과 등대가 함께 보이는 장면이다. 바닷가 모래 채취장에서 흔히 볼 수 있는 풍경이다. 하지만 시인의 눈에는 특별하게 보인다. 시인은 이 특별함을 구체적 감각으로 우리에게 보여준다. 특히 포클레인의 근육질 팔은 고요한

바닷가 풍경에 위협하는 위압적인 모습으로 다가온다. 이 장면만으로도 문명과 자연의 대비가 별다른 설명이 없이 우리의 감각을 통해 선명히 느껴진다. 시인은 이 모습을 통해 끝없이 모래를 만들어내는 자연의 위대한 힘과 그것을 인위적으로 변형시키고자 하는 인간의 욕망 사이의 대립을 보여준다.

　그런데 이 시에서 그리고 이 사진에서 가장 중요한 핵심은 멀리 배경으로 보이는 등대에 가 있다. 등대는 이 자연과 인위 사이의 갈등을 아주 먼 데서 "뒷짐만 지고" 관망하고 있다. 노란 등대는 바다를 지키며 배들이 나아갈 방향을 알려주는 지표가 되는 존재이다. 또한, 그런 의미에서 우리에게 아련한 어떤 그리움을 불러일으키는 존재이기도 하다. 그런데 이 작품에서 그 존재는 저 멀리 배경으로 밀려나 쉽게 눈에 띄지 않는 모습으로 나타나고 있다. 파괴되는 자연 속에서 꿈과 삶의 지향을 상실해가는 우리의 마음을, 이 장면은 구체적인 사물의 모습을 통해 상기시키고 있다.

다음 시에 있어 사진의 효과는 좀 더 뚜렷하다.

> 봄 마중이 한창인 곡우 무렵
> 대관령에 폭설이 내린다
>
> 진달래 피었다 놀라서 어깨를 움츠리고
> 꽃의 발목이 눈 속에 푹 묻혔다
>
> 산수유꽃도 깜짝 놀라 넘어진다
>
> ─「대관령 폭설」 전문

시만 읽을 때 너무도 평이한 진술이어서 무슨 말을 하려고 하는 것일까 하는 의문이 든다. 대관령에 때늦은 폭설이 내려 피고 있던 꽃들이 화들짝 놀랐다는, 조금은 뻔한 말을 시인이 하고 싶은 것일까? 함께 첨부된 사진을 보면 그런 의문에 대한 답을

찾을 수 있다.

그림자 지고 있는 하얀 눈밭에 진분홍빛 진달래와 샛노란 산수유꽃이 나뭇가지를 묻은 채 피어 있다. 이 선명한 대비는 우리에게 애잔한 정서를 느끼게 한다. 그것은 좌절의 아픔에서 온다. 자신의 아름다움을 뽐내는 존재가 때를 잘못 만나 시련을 겪으면서도 그 아름다움을 포기하지 못한 채 마지막까지 자신을 내보이려는 안타까운 노력을 하고 있다. "어깨를 움츠리고", "깜짝 놀라 넘어"지는 이러한 좌절이 사물의 구체적 모습으로 다시 확인될 때 단지 말로는 설명할 수 없는 심정의 내밀하고 섬세한 결이 다시 살아난다. 디카시의 효과를 다시 생각해볼 수 있는 대목이다.

3. 이미지의 확대와 재창조

디카시는 시와 사진이 결합하여 시너지 효과를 내는 예술 형식이다. 언어로 된 시어는 사진을 통해 감각적 구체성을 보강하고, 시어의 함축성은 이미지인 사진에 새로운 의미를 부여한다. 이애리 시인의 디카시 작품들에서 이런 효과의 좋은 예를 확인할 수 있다. 다음 작품이 가장 대표적인 사례이다.

강릉 대형산불 상처를 어루만지며
노란 애기똥풀과 풀꽃들 조문객을 받고 있다

불에 탄 큰 소나무가 주검으로 누워 있다
나비 한 마리 조문 중이다

―「나비 심장」 전문

시인은 산불로 불에 타 죽은 소나무 그루터기에서 나비를 만
난다. 실제 나비가 아니라 시인에게는 그루터기의 모습이 나
비로 보이는 것이다. 시인이 가지는 심안이 그것을 가능하게
했으리라. 나무가 스스로 나비가 되어 자신을 위로하고 있다.
그래서 나비가 조문 중이라고 시인은 말하고 있지만 어쩌면
불에 타 죽은 소나무가 나비가 되어 자유롭게 다시 태어나고
싶은 소망 때문에 저런 모습으로 변했을지도 모를 일이다. 그
것을 시인은 "나비 심장"이라는 제목으로 간접적으로 표현하
고 있다. 나무 그루터기는 나무와는 전혀 다른 이미지로 변화
하고 그러면서 거기에 새로운 의미가 만들어지고 있다.

다음 시에서는 변화되고 확장되는 이미지가 시인 자신의 내면을 표현하는 유효한 수단으로 작용하고 있다.

내 발 한쪽이 왜 휴휴암(休) 바닷가에 와 있지
그래서 걸음이 한쪽으로 절뚝거렸어

기억을 서서히 잃어가는 시아버지와 지내는 걸 자청했지만
너도 가끔은, 천불나는 집에서 뛰쳐나가고 싶었구나
오늘은 못 본 척 눈감아주자

—「가출」 전문

시인은 자신의 발과 바위에 새겨진 커다란 발자국 무늬를 함께 보여준다. 그것을 통해 집안의 구속에서 탈출하고 싶은 심정을 표현하고 있다. 자신의 작은 발을 함께 보여줌으로써 탈출을 감행하기에는 자신이 얼마나 소심하게 두려워하고 있는지까지도 같이 표현하고 있다. 집에서 벗어나 가출하고 싶은 마음과 그것을 쉽게 감행하지 못하는 현실 사이의 갈등을 시인은 "걸음이 한쪽

으로 절뚝거렸어"라고 비유적으로 표현한다. 이렇게 함축적인 시어와 사진을 결합함으로써 발자국 모양의 신기한 바위의 모습은 자유에의 열망이라는 시인의 마음을 표현하는 효과적인 심상이 된다. 바위의 발자국 모습에서 자유를 연상하는 시인의 예리한 시선이 느껴지는 작품이다.

　다음 작품에서는 시인의 깊은 사유를 볼 수 있다.

　　진달래를 찾아 길을 나선다

　　비슬산 병풍바위가 있는 벼랑에 서서

　　그대 눈동자를 갈비뼈에 묻는다

　　화엄(華嚴), 화엄길이다
　　　　　　　　　　　　　　　　　　　　　　　—「비슬산 화엄」 전문

시인은 진달래를 보기 위해 비슬산이라는 곳을 오른다. 거기에서 만난 진달래 꽃잎에 맺힌 이슬방울에서 시인은 자신을 바라보고 있는 눈동자를 발견하고 그 눈동자 안에서 화엄을 만난다. 시인은 꽃잎에 놓인 이슬을 눈동자라는 새로운 이미지로 재창조하고 있다. 그리고 그런 재창조를 통해 꽃을 바라보고 있는 자신을 보고 있는 또 다른 눈의 시선을 경험한다. 내가 무엇을 보는 것은 그 무엇이 나를 보는 것과 다르지 않음을 알게 된 것이다. 그리고 자신을 바라보는 그 눈 속에 영롱한 화엄의 경지가 들어 있는 것이라는 깨달음을 얻는다. 그것은 아름답지만 곧 사라질 순간적인 것이며 "벼랑에 서서" 봐야 보이는 고행을 통해서만 이룰 수 있는 것이다. 시인은 그 뼈아픈 깨달음의 순간을 "갈비뼈에 묻"어 기억하려고 한다. 한순간의 모습을 포착하여 이런 깊은 사유를 담아내는 것이 디카시의 묘미가 아닐까 한다.

다음 시에서는 이미지가 또 다른 이미지를 불러낸다.

옥계 금진항 북동방 2.4km 해상에 혹등고래 나타났다
참돌고래 낫돌고래가 주검으로 강릉항에 돌아왔다

주문진에 나타난 돌묵상어도 조업하던 그물에 걸렸고
뱃속에는 플라스틱과 마스크까지 보물처럼 품었다

고래고래 악다구니 한번 써보지 못하고 바다는 저물었다

—「고래 뉴스」 전문

　시인은 바다에 솟아 있는 암초를 보고 고래의 형상을 떠올린다. 암초가 고래의 등을 닮아 있기 때문이다. 그러면서 혼획(混獲)으로 죽어 실려온 고래의 뉴스를 생각한다. 인간이 만든 그물과 그들의 뱃속에 들어 있는 플라스틱에 저항 한 번 하지 못하고 죽어간 그들의 모습을 그려보며 안타까워하고 있다. 그리고 고래처럼 보이는 바위를 보면서 혹등고래, 참돌고래, 낫돌고래 등의 이름을 불러본다. 그것은 우리 바다에서 사라져가고 있는 이들 존재를 다시 불러내는 주문이기도 하다. 바위를 고래로 바꾸고 다시 그들을 호명하여 잊혀가는 그들을 우리 마음속에서 부활시키는 것은 시인이 아니면 누가 할 수 있겠는가?

4. 맺으며

이애리 시인의 디카시집을 해설하면서 시의 의미나 내용보다는 표현 방식에 집중해서 글을 썼다. 사진과 비교적 짧은 시가 함께하는 대부분의 디카시가 그렇듯이 쉽게 이해하고 공감가는 내용의 작품들이어서 구태여 분석하고 해석할 필요가 없기 때문이다.

그래도 이애리 시인의 이번 디카시 시집의 시 세계에 대해 얘기해보자면 한마디로 '그리움을 찾아가는 여정'이라 말할 수 있다. 시인은 시와 사진을 통해 그리운 것들의 실체를 찾아 나서고, 잊을 수 없는 선명한 이미지를 만들어 그리움의 흔적을 기억하고자 한다.

> 순채같이 푸른 당신 보고 싶어 순포에 간다
> 순포에서는 산도 바다도 그리움이 된다
>
> 순개라고 불리는 순포는 강릉바다의 심장
> 별지누아리 바다가 자연습지가 되는 곳
>
> 순포라는 당신도
> 각시 수달도 있는 그대로 살아가게 두자
>
> ─「순포라는 당신 1」 전문

순포는 강릉 사천면에 있는 작은 바닷가 마을이다. 하지만 이 시에서의 순포는 모든 그리운 것들의 대명사이다. 그것은

우리 조상들의 삶의 터전이기도 하고 "각시 수달"이 살아가고 있는 자연습지 보존구역이기도 하고 순포처럼 따스한 심장을 가진 모든 존재이기도 하다. 이 그리움이 남아 있는 한, 세상은 여러 생명이 숨 쉬며 서로 공존하는, 살 만한 곳임을 시인은 에둘러 우리에게 말해주고 있다.

아련한 그리움이 이미지로 각인되어 우리의 가슴에 얹히는 아름다운 시집이다. 각박한 삶 속에서 상처 입은 마음이 이 시집을 곁에 두고 읽기를 권해본다.

黃貞産 | 시인 · 문학평론가